复古潮流
200

RETRO TREND

东易日盛编辑部●主编

吉林科学技术出版社

CONTENTS

回到古朴的年代
HUIDAO GUPUDE NIANDAI

01.奢华中尽显浪漫的卧室 8
02.简约私密的卫浴空间 9
03.充满新古典主义气氛的客厅 10
04.复古韵味的书房 11
05.精美设计的楼梯扶手 12
06.绿色植物增添客厅生机 13
07.轻松安静的阅读休息空间 15
08.更显稳重的卫浴空间 16
09.让女主人感受惬意的卧室 17
10.低调奢华的卧室 19
11.现代纯朴的乡村风 21
12.充满温馨的客厅一角 22
13.舒适惬意的休息区 23
14.巧妙利用楼梯下的空间 24
15.大气厚重的布置 25
16.打造纯粹的儿童房空间 26
17.增添生活品质的布置 27
18.宽敞舒适的客厅空间 29
19.浑圆一体的空间 30
20.打造深邃通透的餐厅 31

21.中式古典气息的书房 32
22.开放舒适的卧房 33
23.多种风格的搭配 34
24.拉伸整体就餐空间 35
25.明亮洁净的卫浴空间 36
26.宁寂的休息空间 37
27.适合休息和学习的空间 38
28.暖金色展现富贵奢华空间 39
29.美化厅堂聚气生财 40
30.简明的线条让书房充满韵味 41
31.使心灵得到放松的空间 42
32.用颜色平衡卫浴空间感 43
33.舒适的床品让卧室更温馨 44
34.灵动的居室空间 45
35.用隔断区分不同空间功能 46
36.拥有衣帽间的卫浴空间 47
37.新中式居室的搭配 48
38.欧式简约风格的餐厅 49
39.古典风韵的大门 50
40.让空间变得更有味道 51

41.宫廷大气风布置......52
42.尊贵的居家空间......53
43.中式的玄关布置......54
44.吸引你眼球的浪漫卧室......55
45.帝王风卫浴空间......56
46.浪漫温馨的卧房一角......57
47.欧式田园风格客厅......58
48.让居室充满阳光......59
49.带有艺术客厅气息的设计......60
50.清新明亮的卫浴空间......61
51.旋转楼梯......62
52.流线造型的楼梯......63
53.挑高空间......64
54.温馨简约的卧室......65
55.用柔和光线打造卧房......67
56.高贵风格的居室空间......68
57.打造相互辉映的空间......69
58.空间感一览无遗......70
59.一帘幽梦的餐厅......71
60.楼梯空间的设计......72
61.合理规划卫浴空间......73
62.完美品味生活格调......74
63.奢华的卫浴空间......75
64.让卧室也具有异国风情......76
65.高贵大气的空间布置......78

66.中式客厅的奢华......79
67.复式高层的客厅空间......80
68.卧室的整体搭配......81
69.打造温馨、舒适的卧室......82
70.豪华大气的欧式客厅......83
71.田园风格卫浴搭配......84
72.玄关处的小憩空间......85
73.个性、时尚的空间......85
74.富丽堂皇的卧室......86
75.用绿色植物点缀楼梯一角......87
76.雕琢细节的品味......87

醉人的中式风格
ZUIRENDE ZHONGSHI FENGGE

01.完美的玄关设计......90
02.木构架式彰显大气......91
03.让视觉得到缓冲的空间......92
04.古青古色的中式书房......93
05.精雕细刻的屏风隔断......94
06.让空间富有整体感......95
07.层次多变的客厅空间......96
08.优雅精巧的客厅背景墙......97

09.装修画屏风 98

10.打造艺术韵味的客厅 99

11.将中西元素巧妙地结合 100

12.惬意的休息空间 101

13.用珠帘做空间划分 102

14.精美的客厅 103

15.色彩明亮的卫浴空间 104

16.适当运用灯光增添卧室气氛 105

17.优雅轻松的卧室 106

18.放松心灵的空间 107

19.舒缓压力的主卧空间 108

20.走廊一角的装饰 109

21.打造欧式田园卧室 110

22.充满生机的客厅 111

23.展现中式客厅 112

24.色彩搭配提亮空间感 113

25.品味怀旧风格的客厅 114

26.弧线形吧台设计 115

27.高处直垂的珠帘 116

28.纯粹的居家空间 117

29.明亮的卫浴空间 118

30.宽敞明亮的视觉效果 119

31.延伸卫浴空间 120

32.相得益彰的整体搭配 120

33.神秘的书房空间 121

34.精美的卧室梳妆台 122

35.具有民族特色的布置 123

36.现代时尚的新中式风格 124

37.古典中式客厅 125

38.隔断的巧妙运用 126

39.中式风格卧室 128

40.增添韵味的中式家具 128

41.充满中式元素的卧室 129

42.追求返璞归真的卧室风格 130

43.提升走廊照明 131

寻觅自然的味道

XUNMI ZIRANDE WEIDAO

01.精美的客厅空间 134

02.卫浴的合理规划 135

03.打造精典奢华的客厅 137

04.快乐轻松的儿童房 138

05.浪漫高贵的客厅空间 139

06.露天阳台 139

07.展现满天星风格的卧室 140

08.雅致迷人的卧室 140

09.合理规划卫浴空间 141

10.整体厨房的设计 142
11.别具风格的厨房布置 144
12.展现温馨楼梯空间 145
13.气派非凡的客厅 146
14.给视觉空间以延伸 147
15.宽敞明亮的走廊空间 148
16.简单现代的餐厅空间 149
17.让客厅回归自然 150
18.沉稳不失现代感的楼梯设计 151
19.简单现代的设计搭配 152
20.卫浴的装饰 152
21.气派奢华的客厅空间 153
22.色彩温馨的客厅空间 153
23.简洁的玄关设计 154
24.展现柔和色调的楼梯空间 ...154
25.客厅一角的搭配 155
26.楼梯的设计与搭配 155
27.让卫浴空间一应俱全 156
28.走廊空间的布置 156
29.打造专属私密空间 157
30.搭配完美的卫浴空间 158
31.充满阳光的客厅空间 159
32.充满时代韵味的梳妆台 160
33.中国式古典客厅的展现 161
34.客厅与餐厅巧妙的结合 162

35.古朴典雅的客厅空间 163
36.展现适合阅读的书房空间 ...164
37.精致小巧的卫浴空间 164
38.展现充满书香气息的空间 ...165
39.提升卧室的品味与层次感 ...166
40.融入古典元素的走廊空间 ...167
41.通透的卫浴空间 168
42.充满文人气息的书房 169
43.享受户外休闲时光 170
44.释放压力的卫浴空间 171
45.厨房的设计 172
46.休闲娱乐空间 172
47.宽敞的走廊设计 173
48.法式田园风格客厅空间 174
49.彰显主人品味的客厅空间 ...174
50.打造入室玄关空间 175
51.充满生机的客厅一角 176
52.整体色调增加空间延伸感 ...176
53.充满宫廷风格的客厅空间 ...177
54.充满个性的休息空间 178
55.展现奢华的卫浴空间 179
56.打造高贵品味的卧室空间 ...181
57.展现田园风格餐厅 183

HUIDAO
GUPUDE NIANDAI
回到古朴的年代

01

奢华中尽显浪漫的卧室

与客厅的沉稳奢华相比，卧室更像一部经典的传世佳作。那故事的主题自然是浪漫的异域爱情故事，充满温情，充满神秘。柔软宽敞的欧式大床，造型别具风情的水晶吊灯，柔和的窗幔，都是故事中煽情的道具，供主人细细品味……

02

简约私密的卫浴空间

　　主卫套在卧室的里面，绝对保证了卫生间的私密性，这里依然沿袭着古典的路线，却添加了一些简约的成分。天然纹饰的大理石镶嵌了整个地面与墙壁，主卫中的浴室家具与主卧的色调和谐呼应，在阳光和灯光的映衬下，更加温暖柔和。

充满新古典主义气氛的客厅

客厅充满了怀旧情绪。多个宽敞明亮的落地窗，配上高贵而垂坠感极强的窗帘，一场歌剧似乎正要上演。美式乡村风格的沙发，除了舒适，更带来一丝粗犷，而高大的实木壁炉，复古的油画，樱桃木围成的尖顶，色调柔和的壁纸、古典风格的地砖，形成一个完美的新古典主义的家居氛围。

03

04

复古韵味的书房

选用一些古典主义或新古典主义风格的家具，势必会让书房充满复古怀旧的味道，还可以选择在略显沉重的复古书房里，几幅山水写意画，则会凸现出书房清新、淡雅的一面，这也会成为点睛之笔。

05

精美设计的楼梯扶手

　　连接上下楼梯的樱桃木扶手显得稳重大
器，精致裱花工艺的铁艺设计，在花纹的装
饰搭配下尽显刚柔之美。

06

绿色植物增添客厅生机

要使怀旧的客厅富有生气，关键在于混搭一些特别的摆件或饰品。不要大动干戈，只要有一两个不同就可以了，重点在于打破沉闷。用花卉和绿色植物做点缀，能给居室带来生气。

07

轻松安静的阅读休息空间

　　书房的基本要求是安静，让人容易放松，但这些家具往往都高大厚重，颜色较深，容易造成沉闷和压迫感。可以摆放一些轻松的茶具，供主人和客人聊天时使用。

08

更显稳重的卫浴空间

　　抛弃传统文化瓷砖的使用，采取纯净厚重的黑色层板岩，会使卫生间在这种马赛克瓷砖的装饰下稳重起来。

让女主人感受惬意的卧室

　　一间充分体现自我个性的卧室，会使温馨充满闺房。可选择能体现人情味的配饰，如在床头柜上摆放上自己的照片，选择用水晶做成的吊灯，有印花图案的壁纸和床品，这些装饰都会带来好心情。

10

低调奢华的卧室

卧室应该是充满浪漫的地
方，浪漫漂亮的卧室不仅仅可以
获得轻松减压和充足休息，当然
也可以增添家居生活的情趣。

11

现代纯朴的乡村风

餐厅会让每个人的诗意在这里融合，不只是一场美食饕餮，更是一场心灵的盛宴，在水晶灯、玻璃器皿等饰品的映衬下，每一个镶嵌的金边，每一个镀银的花纹，都异常光彩……相映成趣的花草壁纸，更成为全家人向往回归自然的梦想。

12

充满温馨的客厅一角

复古的梳妆台，上面用干花、相框、烛台这些小饰品作装点可以看出主人是个懂得生活、热爱生活的人，更能突显出家的温馨。

13

舒适惬意的休息区

　　餐厅没有厚重阔大的器物，没有让人捉摸不透的复杂花纹，一丝镶金镀银的光泽划过视线；没有宫廷式的豪奢富丽，自然真实、含蓄内敛的生活方式在这里全部尽显。古典可以在唯美的同时，拥有现代的简洁、乡村的朴素，可以给生活在这个居所中的每一个人一处诗意的栖息之所。

_14

巧妙利用楼梯下的空间

楼梯下的空间被做成休息区。欧式的实木小桌上面点缀着红色的复古台灯，给人一种暖洋洋的感觉。

15

大气厚重的布置

新古典风格从简单到繁杂、从整体到局部,精雕细琢,镶花刻金都给人一丝不苟的印象。一方面保留了材质、色彩的风格,仍然可以很强烈地感受传统的历史痕迹与浑厚的文化底蕴,同时又摒弃了过于复杂的肌理和装饰,简化了线条。

16

打造纯粹的儿童房空间

　　儿童休闲区是一个纯粹的空间，主人不愿意这里有任何的干扰，没有古典的奢华，没有时尚的约束，更没有大人眼光的阻碍，童真是设计师送给主人最好的礼物。洁白色的墙面、健康环保的地板、安全实用的家具、温暖充足的阳光……我们似乎都和小主人一起来到了童话般的世界，孩子更理所当然的在这里悠然的成长。这样充满着爱和温馨的童年记忆将是人生最宝贵的色彩笔记。

17

增添生活品质的布置

生活的品质随人而定，或高贵或精致或随性。而卧室则承载着主人更多的自我空间，是自我性情的真我体验。在这里，设计师深知主人需要最多的就是舒适，每个地方的处理都是柔软顺滑的，甚至连家具的棱角都采用圆的，在床品、壁纸的花纹和色彩的使用上更达到了和谐的统一。

18

宽敞舒适的客厅空间

　　从高处看客厅，透明的落地窗，欧式的大沙发配以印有刺绣图案的靠垫给人一种舒适温馨的家的感觉。

_19

浑圆一体的空间

通透的隔断是餐厅和客厅的点睛之笔，朦胧中两个空间若即若离，浑然一体。

20 — 打造深邃通透的餐厅

推门而入，印入眼帘的是和谐的色调，
舒适的生活，通透深邃的文人气质。考究的小
柜也可以看出主人的品味。

21

中式古典气息的书房

一盏茶，一幅水墨画，一种生活，一种品质。只有简单的实木椅和一组茶具，让你享受休闲的时光。

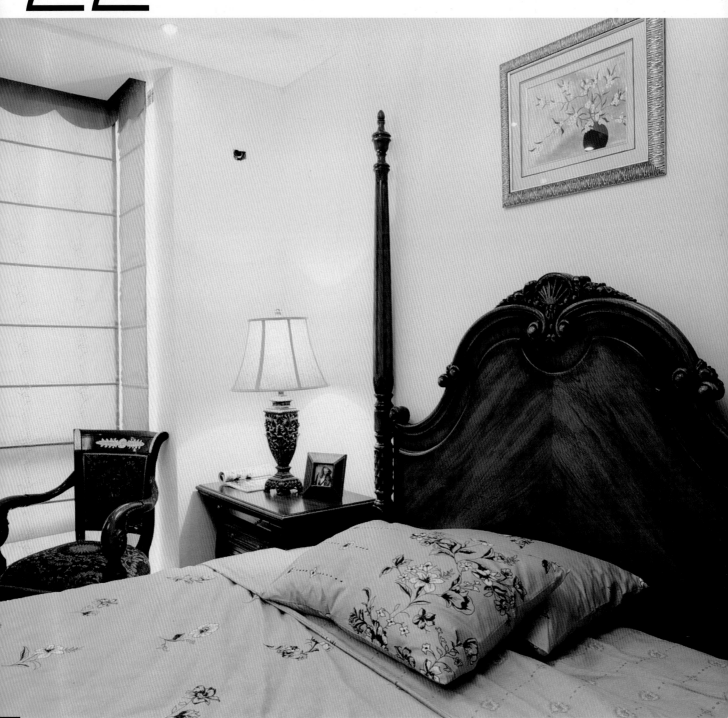

开放舒适的卧房

　　白色、金色、黄色、暗红是欧式风格中常见的主色调，少量地使用白色，会使色彩看起来明亮、大方，使整个空间给人以开放、宽容的非凡气度，让人丝毫不显局促。

多种风格的搭配

"形散神聚"是新古典风格的主要特点。在注重装饰效果的同时，用现代的手法和材质还原古典气质，新古典风格具备了古典与现代的双重审美效果，完美的结合也让人们在享受物质文明的同时得到了精神上的慰藉。

24

拉伸整体就餐空间

　　青灰色的梯形中空吊顶拉升了餐厅的空间，
新古典的吊灯则渲染着用餐的情绪。

25

明亮洁净的卫浴空间

　　造型简单、明快。没有过多复杂的线条，显现着现代生活方式的节奏和时尚感。　瓷砖多以浅色调为主，但也可以使用对比色来表现，所用砖面多表现为平整光滑或有规律性、有节奏的凹凸。洁具多会选用纯白色。铺上一块灰色的地毯，更可以看出主人的细心。

26

宁寂的休息空间

可以选择一个半开放式的空间，比如喝茶的休闲区，但最重要的是要与整体协调。可配以巨大的绿色植物更显勃勃生机。

适合休息和学习的空间

将书柜与墙壁巧妙地结合成一体，方便美观，而且节省了大量的空间。印花墙纸、中式书柜和床榻可以让主人在读书之余也可以在此休息。

28

暖金色展现富贵奢华空间

沙发布料选择了暗金墙面和木作的中间色。主面以浅金色为主，背面为浅色底暖色花的比浅金再重些的色彩。银色的扶手和雕花椅背与暗金相和，对比和谐，富有层次感。

美化厅堂聚气生财

玄关在现代的住宅中有加强私密遮掩、化解形煞气煞的作用。盘龙图的背景墙可显出主人的霸气。加上绿色植物和盆景的点缀有助于提升住宅吉祥运势。

简明的线条让书房充满韵味

中式传统风格一般要求朴实、典雅，体现传统意义上书房的韵味。中式书房主要是体现在家具的设计上，以方正的线条为主。连墙上的装饰画也不例外。

31

使心灵得到放松的空间

现代社会生活节奏越来越快，书房就是人们心灵放松的地方。中式书房因其雍容的气质、淡淡的情怀，很适合情绪紧张的现代都市人。准备一些小的脚踏，让你在休息的时候得到放松。

32

用颜色平衡卫浴空间感

颜色单一的浴室产品会让原本过大的空间变得更加素白，如果你想改变这种状况，可以尝试给自己的浴室增添一些色彩。搭配有颜色的地毯、毛巾能给人温暖、活泼感，用它来作为浴室的主色调，可以让原本过大的空间面积得到平衡。

舒适的床品让卧室更温馨

以床为中心来设计。装饰卧室，是许多重视卧室装修效果与艺术气质的设计师的选择。现在简约、古典、现代成为人们追求的风格，一套舒适的床上用品，会瞬间让卧室变得温暖。

34

灵动的居室空间

绿色长叶植物图案壁纸的点
缀与室内真实植物相映成趣,搭
配印花的鱼缸,在瞬间给屋子增
添了一种鲜活的生命力。

35

用隔断区分不同空间功能

不仅增加了空间的层次感，还达到了美化空间的作用。隔断让你的家更具魅力，更有空间感。再加上两个坐墩的摆放，让整个休息区更具别样韵味。

拥有衣帽间的卫浴空间

卫生间由多种不同形状规格的瓷砖才搭配完成，只为那暗金浮动的微妙美感。而延展开来的一个衣帽间有别于一般家庭装修中衣帽间的位置设定，极尽生活品位的奢华感受。

37

新中式居室的搭配

　　壁纸的花色往往是其征服消费者眼睛的法宝，它多变的图案为居室的美平生出斑斓的情境。墙纸的花型与室内整体风格搭配得相得益彰，会将生活的情趣表现得更加贴切。客厅的布艺沙发与红木茶几，会让高雅淡定的情绪在午后一杯茶的香气中久久不散。布艺的加入，将中式的坚挺与硬朗冲淡了许多。

欧式简约风格的
餐厅

　　木质的桌椅配以印花
图案的墙纸，加上蓝色的窗
帘，精美的白色百合做点缀
给主人一种欧式简约田园的
感觉。

39

古典风韵的大门

木质的楼梯，中式古典的大
门给人一种充满回忆的想像。

40

让空间变得更有味道

木制隔断既能打破固有的格局、区分不同的空间，又能使居室环境富于变化，实现空间之间的相互交流，此处的打造也为居室提供了更大的艺术与品味相配合的空间。

41

宫廷大气风布置

　　凹凸的青石地板、整齐的青砖隔断，纯正的中式标准元素、镂空木雕＜西式吊灯，中西合璧的表现手法。整套房中，中式的元素处处可见，但古典的气氛并不浓重，反而有种似曾相识的距离感；古墨书香的气息虽满溢润泽，却淡然而现代。主卧中一幅宫廷演艺画为居室增添了些许情趣。

42

尊贵的居家空间

在需要隔绝视线的地方，则使用中式的屏风
或窗棂，通过这种新的分隔方式，使单元式空间
就展现出中式家居的层次之美，当然尊贵之感也
在不经意间流露出来。

43

中式的玄关布置

此处玄关设计成以深颜色为主，选择能透出厚实感，比如花梨木、红木、紫檀的色彩都相当复古。但不宜过多，可以在墙面用中式的灰色墙砖做装饰，打造古朴风格。

吸引你眼球的浪漫卧室

红木家具，配以红色窗帘和台灯，
加上整套的床上用品，给人以红红火火
的感觉。

45

帝王风卫浴空间

　　深调华美的黑色浴室配有精美雕花的洗手池和黑色瓷砖
镶嵌的圆形梳妆镜，给人感觉增添了几分帝王之格调。

46

浪漫温馨的卧房一角

在床头背景的衬托下添加两侧的一侧的欧式柜上
摆放着小饰品，加上大幅的壁画和印有花纹图案
的地毯，让你感觉到一种奢华。

47

欧式田园风格客厅

用布艺碎花图案的窗帘和靠垫做布置，与自然的花相比较有着更多的优势，既清新自然又优雅工整，让你心情愉悦。

48

让居室充满阳光

在楼梯拐角处开个小窗户，再放上一盆鲜花，这样不仅会让视觉空间有变大和延伸的感觉，还会让暖暖的阳光充满整个房间。

49

带有艺术客厅气息的设计

客厅在整个居室装饰中占有相当重要的地位，圆形带有花鸟图案的背景墙设计可以说是整个空间的点睛之笔，不仅能美化室内环境，还能营造出丰富多彩的室内空间艺术形象。

清新明亮的卫浴空间

　　洗手间一侧有一个大的梳妆台，下面很巧妙地设计了一个带有两个把手的拉门柜子，这样一来不仅方便收纳日常使用的物品，还有效遮挡了下水管道。

旋转楼梯

51

旋转楼梯平台和踏步均
为扇形平面，踏步内侧宽度很
小，并形成较陡的坡度，行走
时不安全，且构造较复杂。

52

流线造型的楼梯

  旋转楼梯不能作为主要人流交通和疏散楼梯，但由于旋转楼梯流线造型美观，常作为建筑小品布置在室内。

53

挑高空间

　　在选择客厅吊顶装饰材料与设计方案时，要遵循既省材、牢固、安全，又美观、实用的原则。采用木质圆形天窗、简单的木质吊顶，加上少许的吊灯，让整个空间明亮温馨。

温馨简约的卧室

独特的电视背景墙不仅很
特别，而且还具有实用性。下面
的竹筐可以用来收纳物品，墙上
的装饰画为房间增添了温馨。

54

55

用柔和光线打造卧房

两侧床头柜上古典的台灯，精美的床上用品再搭配上红色的落地窗帘，在灯光的照射下尽显柔和的美感。

56

高贵风格的居室空间

家具的主要特色是强调力度、变化和动感，沙发华丽的布面与精致的木质工艺雕刻互相配合，把高贵的造型与地面铺饰融为一体。

57

打造相互辉映的空间

特色镂空屏风隔断与多种中式元素相结合，
奠定了中式风格的居室空间。

58

空间感一览无遗

从楼上俯瞰客厅，所有景物尽收眼底。精
美的壁画，舒适的沙发，方形茶几上简单的摆
饰让空间干净整齐。

59

一帘幽梦的餐厅

玲珑的青花珠帘给你带来一帘
幽梦的感觉。

60

楼梯空间的设计

实木的楼梯每一处设计都秉承着古典风格的细节要求，拱形有弧度的实木门，让空间显得更加大气。

61

合理规划卫浴空间

　　洗浴时间是一天中最为放松的，在这段时间里，人们可以好好享受现代化的卫浴洁具所带来的美好体验。在这段感受身心洁净与愉悦的过程中，始终离不开卫浴空间合理的功能化布局，尤其是在空间有限的小卫浴间中，尽善尽美的布局，才更能体会主人的大智慧。

62

完美品味生活格调

　　浴室家具的半圆形设计从人体功能学出发，不会对主人造成任何伤害，金色的边缘更集尽奢华，让生活从细小的元素中完美品味生活格调。

63

奢华的卫浴空间

　　浴室的干净色彩和细小花纹清透明亮，是奢华风格细节的叙述和表达，金色的水龙头让品位不自觉的渗透，洗手台选择了女性喜爱的花瓣形状，浴室镜倒置的设计成为空间的亮点，像一个调皮的音符在轻巧的跳动。

64

让卧室也具有异国风情

圆形的天窗，红色的窗帘加上天花板上的射灯，异国风情的墙面设计让整个房间变得温馨、舒适。

65

高贵大气的空间布置

白色的门框搭配红色的楼梯扶手，配以豪华型的大镜子，用明亮的色彩让整个房间更显得气派与高贵。

中式客厅的奢华

红色太妃椅，后面加以四幅
中式画框做点缀，辅以红色地毯
突出鲜明的色彩。

66

复式高层的客厅空间

　　复式的层高让设计师有了更多空间发挥设计，处处采光让主人时刻靠近自然，欧式古典的沙发、壁炉、地毯，犹如一幅盛大的宫廷画，和谐的融合在一起。

卧室的整体搭配

金属雕花床头，配以灰色床上用品和碎花图案壁纸，蓝色绒线窗帘让整个房间更温暖。

68

打造温馨、舒适的卧室

卧室采用了同色系颜色做布置，深浅不一的搭配、布置让置身其中的你有种层次感，更会感到温暖洋溢。

70

豪华大气的欧式客厅

欧式装饰风格最适用于面积大的房子。圆形吊顶设计，落地红色丝绒窗帘，黑色钢琴也可彰显主人的高贵气质。

71

田园风格卫浴搭配

居家装修设计可以给卫生间带来不同的效果，有的色彩调配能使身心共同得到解放，恢复精神，而有的色彩调配又可以将主人的个性展现无遗。白色的浴缸、马桶配上印花的壁纸，让卫浴空间显得更明亮。

72

玄关处的小憩空间

　　玄关处的小憩空间，让客人首先感受坐拥其中的乐趣和意境，感受整个古典空间从这里开始。楼梯是这曲古典乐中过渡的音节，也是连接上下两个空间的纽带，古代纹路的楼梯柱在深木色的衬托下，尤其显眼，从而也彰显了古典气质。

73

个性、时尚的空间

　　大气的家居风格，离不开造型简单的直线形家具，背景墙、画框、茶桌这些看起来简单的摆设都让整个空间充满了个性和时尚感。

74

富丽堂皇的卧室

充满贵气的黄色依旧是空间的主角，花纹和背景图案的变化，带入些许宫廷的味道。角落处单独辟出的休憩空间充满别致的元素和符号，中式的床榻、欧式的梳妆台、华丽的顶灯在演绎着传统奢华的韵味。

75

用绿色植物点缀楼梯一角

在楼梯拐角处加入绿色植物做点缀，会让整个空间充满生机，有一种回归自然的感觉。

76

雕琢细节的品味

让细节的设计充满灵性，每个需要的地方你便可以找到相应的设计，角落的利用更是充分，这个古典造型靠背的单人沙发，便是适时出现的舒服一角。

ZUIRENDE
ZHONGSHI FENGGE
醉人的中式风格

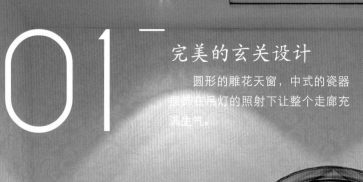

01

完美的玄关设计

圆形的雕花天窗，中式的瓷器
摆饰在吊灯的照射下让整个走廊充
满生气。

中国传统的室内设计融合着庄重和优
雅的双重品质。从本套案例的室内空间结
构来说，木构架形式显示出主人的成熟稳
重，而中国文化的感觉则通过木材结构体
现特色。

02

木构架式彰显大气

03

让视觉得到缓冲的空间

许多有形的隔断设计常常由家具等充当，比如屏风、展示架、酒柜，这样的隔断设计既能打破固有格局、区分不同性质的空间，又能使居室环境富于变化、实现空间之间的相互交流

04

古青古色的中式书房

精致不是说出来的，亲眼见到空间给人感觉就
是文化味道十足。红色雕花门的设计巧妙地将区域做
了划分，也可以看出主人的高贵品质。

05

精雕细刻的屏风隔断

屏风隔断一般陈设于室内的显著位置，起到分隔、美化、挡风、协调等作用。屏风隔断尤其与古典家具相互辉映，相得益彰。

06

让空间富有整体感

　　帘幔或者是屏风，都属于软性分隔的最佳材料，既有美观的作用，也能将空间进行有效的分隔。另外，屏风和帘幔还能将一切零碎的，或是凌乱的小物件隐藏起来，一举多得。

层次多变的客厅空间

客厅的另一侧放置一条案，条案有一幅油画，油画是直接放在条案上的，与条案上的其他小饰品一样自然的摆放。顶面是与餐厅相统一的木雕与金箔壁纸，通过水晶折射出来的光芒来提亮和活跃整个客厅空间。

08

优雅精巧的客厅背景墙

装饰画屏风作为实用工艺品，直接美化和服务于广大人民群众。

09

装修画屏风

装饰画屏风既能弥补空间上可能出现
的空白，还充满质感的主体效果，又能体
现出主人的审美修养。

10

打造艺术韵味的客厅

　　为了使客厅相对得独立完整，在客厅与阳台地台之间用一扇双面苏绣屏风来实现设想，屏风并不高，苏绣的精美牡丹花开富贵，极富装饰表现力，也丰富了整个客厅的色彩层次。

11

将中西元素巧妙地结合

餐厅的空间很独立，临近窗户光线很好，中式的餐桌上是欧式的烛台和鲜花。在一侧墙面是一幅意境悠闲、色彩明亮的油画。让餐厅空间亦中亦西。

惬意的休息空间

　　圆弧形状的门，精美的油画，古香
古色的柜子，配以瓷器的摆饰让休息空间
更加惬意。

13

用珠帘做空间划分

一袭珠帘让居室更有层次，更
有空间感。从屋顶直垂下的帘幔，
起到了很好的分隔空间的作用。

14

精美的客厅

中式的桌椅，西式的水晶吊灯，搭配少许鲜花的点缀，让整个空间更加自然。

103

15

色彩明亮的卫浴空间

　　用颜色鲜艳、明快的小瓷砖组合，打破了卫生间的传统色调，使空间变得灵动起来。卫生间吊顶采用整面玻璃镶嵌，增强了空间感与瓷砖和灯光相结合，让置身其中会的人有一种进入梦幻世界的感觉。

16

适当运用灯光增添卧室气氛

　　通常灯光会带给人不一样的感觉，特别是卧室的灯光，或迷幻或轻松或简洁，卧室的灯光配上独特室内设计，就会给人一种向往的感受。选择了具有现代风格的水晶吊灯；墙面上增添了色彩鲜艳，层次丰富的俄罗斯油画；以假乱真的欧式绢花和配饰恰到好处地装点了空白之处。

17

优雅轻松的卧室

　　床尾的欧式落地灯，光亮色泽极富质感，透露着低调的华丽，空间线条也得到充分延伸，视觉上呈现出理性与感性完美结合，既优雅轻松，又井然有序。

18

放松心灵的空间

现代社会生活节奏越来越快，书房就是人们心灵放松的地方。中式书房因其雍容的气质、浅淡的情怀，很适合情绪紧张的现代都市人。

19

舒缓压力的主卧空间

　　主卧是家中最能静下来放下压力的地方，一幅花鸟的手绘壁纸在床头表达的就是这种意境。床头两侧木格后暗藏了灯光，为夜晚的卧室增加灯光的层次，休闲椅静静的躺在窗下，随时等待主人来放松身心。还值得一提的是，西式的元素都是在细节上补充进来，比如一些墙面做了留白处理，为了能削弱厚重感。

20

走廊一角的装饰

　　圆形天窗，圆形的柱子，在中式的椅子上放
上鲜花用来装饰过道的一角。

21

打造欧式田园卧室

卧室的欧式古典床具带着梦一般的故事，细碎花纹的壁纸让我们相信这就是故事的背景。

22

充满生机的客厅

餐厅依旧沿袭着古典风格，精雕细琢的餐桌椅，艳丽花朵图案的装饰给空间带来了春天的生机。

展现中式客厅

传统的红色中式门，搭
配以黑红色靠垫，原木茶桌
配以绿色植物让整个客厅更
显中式韵味。

24

色彩搭配提亮空间感

从古旧的吊灯到美伦美奂的古典柱子，大红色的背景墙面到顶部充满工业味道的设计，配以白色实木钢琴，告诉我们主人的品味，设计师大胆跳跃的设计，让人眼前一亮。

25

品味怀旧风格的客厅

风格的变化从未停歇。在各种思绪的交融与碰撞中，或许有一刻你会发现：对历史的回味永远充满价值，喜欢怀旧风格的人也是最懂得生活和会享受生活的人，因为他们的怀旧是源于对经典时尚的钟情与执着。

在追忆古典的情怀下，强调更多的实用功能，体现奢华而不失内敛，神采飞扬而不过度张扬。在这样的氛围下体验赋予空间的内涵和气质。

26

弧线形吧台设计

充满现代气息的吧台，漂亮的弧线，动感十足，让空间充满了韵律。

27

高处直垂的珠帘

从顶楼直垂而下的金属珠帘，从底部仰望闪亮着的，幽幽的银光足以吸引任何人的眼球。

28

纯粹的居家空间

　　家的概念，已经从一个单纯的居住生活空间转变为一个体现人的素养，文化及品位的综合空间。因此，一个家的设计，已经不是依靠高档材料堆砌出来的那么简单了，怎样运用专业的设计眼光来对待家居空间的策划，体现一种独特的文化氛围，才是装修一个纯粹空间的前提。

29

明亮的卫浴空间

开放式的卫浴空间，玻璃，金
属，水泥这些在建筑中常用的材料
在这里都做了很好的使用。

30

宽敞明亮的视觉效果

　　红色的窗帘和红色的门，在门上做一个小窗户的设计，让空间显得宽敞明亮。

31 延伸卫浴空间

家庭浴室是居室中一块特殊的小天地，既不必富丽堂皇、耀眼夺目，也不可漠然忽视，简单了事。用镜子做装饰给空间以延伸的感觉。

相得益彰的整体搭配

作为中国古典家具的奇葩，明式家具在这套居所中得到了丰富的延伸、精神的共鸣，与整体风格环境相得益彰。无论是廊柱与飞罩的景深所带来的宫苑感还是层次拉伸，都中正的遵循着中式建筑设计的规则。雕琢镂空的细致、图案形状的洞悉、木质纹理的感触……中国传统文化由此经水晶灯的混合搭配用另外一种方式娓娓道来。

32

33 神秘的书房空间

射灯、地灯、台灯各种灯具的
运用给书房增添了一份神秘和深远
的回忆。

34

精美的卧室梳妆台

　　搭配复古的梳妆台，这面精致美观的梳妆镜为空间增色不少。镜子一定要悬挂的足够低，方便坐下时能清晰的看到自己。

35

具有民族特色的布置

木质的门框上配以红色的中国结和鱼形的装饰，巧妙地体现了设计者的艺术气息。也让家整体看起来温馨惬意。

36

现代时尚的新中式风格

空间装饰多采用简洁硬朗的直线条。直线装饰在空间中的使用，不仅反映出现代人追求简单生活的居住要求，更迎合了中式家具追求内敛、质朴的设计风格，使"新中式"更加实用、更富现代感。

37

古典中式客厅

　　新空间里的古典中式元素在令人赏心悦目的同时，也有这样的启示家居的营造、并不是一种简单的物质堆砌，而是人对自己内心需求渴望的归纳表达。主人把居室布满了中式元素，或许是为了收藏岁月的痕迹，也许是为了表达对东方文化的热爱。

38

隔断的巧妙运用

屏风与格栅的掩映与分割在这套案例中运用自如，本应处于礼仪区域的客厅被业主附庸风雅的书法爱好所占领，虽然也有电视墙现代元素的穿插，但个人爱好的舒展还是被古典精致家具屏风掩映，而更加彰显生活方式的情景魅力。

39

中式风格卧室

　　传统的中式风格有着令人难以捉摸并引人入胜的魔力，而家具的收藏也随着鉴赏和价值的递增持久不衰，真正热衷于此道的人们会坚持性的将心头所爱迁至新居，将风格贯穿始终。家具多以简洁淡雅、线条优美、做工精湛为主，是任何一个时期都无法比拟和替代的。

40

增添韵味的中式家具

　　原木色泽，细致做工、再加上古色古香、伴随岁月流逝而增添的味道。这一切无不构成了淳厚的中国韵味。而每一件中式家具就像一首经典的老歌，在每一个流动的音符中都蕴涵深深的韵味，只有细细品味，才能悟出一些哲理来，引发居室整体散发古雅而清新的魅力。

41

充满中式元素的卧室

　　将现代元素和中式装修进行了更为交融的演变。中式的大床搭配传统的大红褥子，太多的中式家居纳入在同一个居室之中，但终究因每个人对家都有个性的想法，所以在选取中式元素构筑家居之时，融入个性化语言和体验的风格便走进其中。中式元素在此也便呈现出风格各异千姿百态的样式，让主人可以轻松自在的流连其中，亦可以让观者目不暇接。

42

追求返璞归真的卧室风格

在卧室的床品选择和装饰中,一种典型的江南建筑、浓郁的乡土文化气息都真实透彻的表达着身居闹市的现代人返朴归真的生活追求。

43

提升走廊照明

狭长的中式过道，配以高贵
的吊顶灯及古香古色的壁画，让
人感觉很明亮。

XUNMI ZIRANDE

WEIDAO

寻觅自然的味道

精美的客厅空间

白色的拱门，精致的水晶吊灯，雕花
的壁炉，暴色的纱帘，真是一派富丽堂皇
的景象。

02

卫浴的合理规划

空间的大小虽然不足以影响洗浴在生活中的重要地位，但是还是会对洗浴的方式或空间的设置有一定的要求。因而为了保证质量，需要学会在不同的空间下利用现有的条件来进行合理规划。

打造精典奢华的客厅

　　英式乡村流行元素的不败宝典是一脉承袭的缤纷碎花与纯棉质地，而与之最为经典的搭配当属浪漫的白色系。本套案例中，白色出现的地方呈现了不同于以往的设计感，不再是单调的白色景致的配搭，而是作为吊顶、墙裙等有层次的立体呈现出来。这样的白色浪漫感虽稍有缩水，但现代感的设计、动感却由此舒展开来。

03

04

快乐轻松的儿童房

宽敞的儿童房设计可以满足有多
个孩子的家庭，书桌上精致的摆放架
设计方便孩子放些图书和相册。

05

浪漫高贵的客厅空间

圆形空边吊顶造型与水晶吊灯同时映衬着琴键流
淌出的光泽，而丝绒座椅所选的高贵紫、轻纱的薄紫
又将优雅的古典奢华感突显而出。墙面的银色花型在
流动中独奏出微吐幽兰的音韵。

露天阳台

06

位于二楼阳台的地方，
被巧妙地做成了休息区，日
常不仅可以休息还可以用来
欣赏外面风景。

07

展现满天星风格的卧室

在主卧中先行定义为"满天星"。正是那床头背景的丝绒幕布的点点星光，让浪漫和浓郁在深幽之处也发散出醉人的琉璃璀璨。

08

雅致迷人的卧室

用珠帘巧妙地把衣帽间遮挡起来，卧室中色调柔和的布艺床头庄重典雅而不乏轻松浪漫的感觉，与小柜相互呼应，多层次的色彩变化，中和了深色家具带来的冷静，柔和色调让整个房间停留在雅致迷人的氛围里。

09

合理规划卫浴空间

碎花图案的壁纸配以花朵图案的柜子，十分巧妙地遮挡了洗手台的下水管，用玻璃做门，让整个浴室更显干净、整洁。

10

整体厨房的设计

白色的整体橱柜加上大理石制成的洗涤区，方便日常的烹饪，也会使家中显整齐干净。

11

别具风格的厨房布置

　　家居装修任何一个角落都不不可以轻松放过，厨房当然也是重地，别具风情的厨房格调，让你在享受美食的同时也有视觉上的无限享受，彩色的茶杯，美丽的干花，高高的桌椅让厨房显得洁白。

_12

展现温馨楼梯空间

木质的扶手，透明的玻璃，黄色的吊灯让楼梯拐角显得温馨。

13

气派非凡的客厅

深色的沙发，木质的茶几，巨大的背景画做布置，在奢华的水晶吊灯的照射下非常的气派。

14

给视觉空间以延伸

红色的实木楼梯，白色的珠帘让楼梯这狭小的空间也变得宽敞了许多。

15

宽敞明亮的走廊空间

黄色的落地窗帘，黄色的衣柜、黑色的楼梯，很巧妙的色彩搭配让整个空间融为一体。

16

简单现代的餐厅空间

简单的吊灯，黑色的餐桌椅给人一种沉稳的感觉。

17

让客厅回归自然

宽敞的客厅，巨大的落地窗让你可以清楚地看到外面的风景，也会让你心情愉快，得到放松。

18

沉稳不失现代感的
楼梯设计

透明的玻璃，黑色实木的楼
梯给人一种通透和空间延伸感。

19

简单现代的设计搭配

简单线条设计的门，搭配黑色大理石铺的瓷砖，让这种强烈的明暗对比，提升了空间的视觉效果。

20

卫浴的装饰

木框的镜子，景德兰的洗手盆，突显浴室环境的干净。

21

气派奢华的客厅空间

欧式的壁炉配以的精美的窗帘，更显宫廷气派奢华。

22

色彩温馨的客厅空间

整体的颜色给人们一种舒适、温暖的感觉。

23

简洁的玄关设计

　　进屋的位置摆放一些饰品和绿色植物，也会让你感觉到这家主人的亲切和热情。

24

展现柔和色调的楼梯空间

　　红白实木交错的楼梯扶手，加上墙上精美的壁纸与挂画让整个房间有一种色调更柔和。

25

客厅一角的搭配

　　田园风格使得它凸显温馨惬意。柔美的线条、典雅贵气的色调，使得这款法式风情的设计奢华而不张扬，温馨动人。

26

楼梯的设计与搭配

　　进入客厅最明显的就是实木做的楼梯，在白色吊灯的照射下更显大气。

27

让卫浴空间一应俱全

做了很好的设计化妆镜、照明灯具、水管、毛巾架等小零碎也一应俱全，方便日常使用。

28

走廊空间的布置

屋顶的大吊灯，把整个楼梯过道照得更加明亮舒适，简单的绿色植物点缀，给人一种温暖。

29 打造专属私密空间

卧室是一个家中最私密的地方，也是情感可以得到最大程度宣泄的地方。现代的床满足了舒适的需要，却丝毫没有影响到风格的诠释；在纱缦围合的柔美中，这小小的一方空间成就了所有女人儿时公主的梦想；床头上方订制的写意花鸟画，既清新又浪漫；是整个空间的点睛之笔。

30

搭配完美的卫浴空间

主卫同样沿用了中西合璧的"书写"手法，玻璃与原木、雕花与绿植，设计师在现代与古典，刻意与自然间的纯熟转换，使空间动静合一，线条流畅。

31

充满阳光的客厅空间

　　设计师在客厅中央的水景茶室
上方开了一个天窗，阳光自然渲泻
下来，蓝天白云倒映在水银镜的桌
面上，品茗会友，谈古论今，该是
何等倜傥。

32

充满时代韵味的梳妆台

看到这个梳妆台，最吸引人的当然就是那艳丽的纹理了，那是一股老上海的味道，也代表了一个时代的韵味。

33

中国式古典客厅
的展现

风格与品位的融合、怀
旧与情调的搭配、天然与淳
朴的体现、大气与充溢的互
补，这就是中国古典家居的
魅力所在。

34

客厅与餐厅巧妙的结合

从客厅望去，那角落里黄颜色花瓶所承载的绿色，是餐厅与客厅之间美妙的点缀。

35

古朴典雅的客厅空间

在现代风格的装饰技巧中，越来越多的家庭喜欢搭配一两件中式家具，既能配合现代人的生活习惯，又为室内增添了几分人文的古色古香，真的会让人忍不住爱上中式家具的古朴典雅。

36

展现适合阅读的书房空间

书房作为工作、阅读、学习的空间，其设计以功能性为主。在其装修中必须考虑安静、采光充足、有利于集中注意力，中式的坐椅加上柔软的靠垫，让你理加惬意。

37

精致小巧的卫浴空间

雕花的镜框，金色的水龙头，考究的瓷器让整个卫生间变得清爽。

38

展现充满书香气息的空间

雕花的梁柱，考究的瓷器搭配实木的落地灯，
让整个房间充满书香。

39

提升卧室的品味与层次感

丝绸质地的睡枕与床垫，让整个卧室"躺"在一片紫红色的梦境中，既有品位，又显层次。

40

融入古典元素的走廊空间

新中式风格装修中，中式元素不需要太多，但一定要风格鲜明。它不是传统文化的复古装修，而是在现代的装修风格中融入适量古典元素。

41

通透的卫浴空间

玻璃的通透感在整个空间中并不是很唐突，得益于整个格局的合理划分。

42

充满文人气息的书房

有一种空间，它低调、奢华，骨子里透露出浓浓的文人趣味。有一种气质，它自由、开放，处处显露着海纳百川的胸怀。这就是老上海的精神，在怀旧风盛行的今天，它被定义成一种风格，承载了繁华与喧嚣。

43

享受户外休闲时光

在户外放一张太妃椅，沏一壶茶，
就可以充分地享受户外的阳光了。

170

44

释放压力的卫浴空间

简单的卫浴设计可以让你远离喧嚣、释放压力、放松身心。

45

厨房的设计

　　与开放式、餐厨合一的西式厨房不同，中式厨房则完全采用了密闭式的设计，加上马力强劲的抽油烟机，保证厨房的油烟顺利排向室外，而不会在家居空间里滞留。中式厨房以简洁为美，注重橱柜的收纳功能，除了实用性的烹饪用具外，厨房内也比较少摆放一些精致的装饰品。

46

休闲娱乐空间

　　专门用来日常娱乐的地方，麻将桌、乒乓球台、跑步机为主人日常娱乐提供了好的场所。吊灯加上壁灯的设计把整个房间照得十分明亮，两把竹编的藤椅可以用来休息。

47

宽敞的走廊设计

一进门，红灯笼的光晕与黑色玻璃贴面的立柱反射出来的光与影营造出超现代感的古色古香，滴水观音的繁茂在立柱的映射下显得更加郁郁葱葱，白色鹅卵石为过道增添了一抹亮色，自然的气息在现代化的光影中扩散。

48

法式田园风格客厅空间

精致的水晶吊灯，铁艺的摆设架，绿色的
植物点缀精美的油画，每处风格无不展现田园
奢华与温馨。

49

彰显主人品味的客厅空间

绝美的客厅会给来访的客人一个惊喜。客厅的摆设、颜色都能反映主人的性格、特点、眼光和个
性。如果说卧室体现主人情趣，洗手间体现生活品质，客厅则基本上代表了主人的品位。

50

打造入室玄关空间

    入户实木屏风，一打开门，高贵的气息迎面袭来。中式风情家向来以其古色古香，质朴典雅而备受人们的热捧，那种似有似无的历史余韵，很让人沉醉。

51

充满生机的客厅一角

铁制椅子配上红色抱枕，加上绿色植物的点缀让整个空间充满生机和活力。

52

整体色调增加空间延伸感

整体的色调清晰明快，给人以温馨，舒适的感觉。

53

充满宫廷风格的客厅空间

　　欧式宫廷贵族的奢华风情向来让人羡慕，低调韵味的壁纸搭配宫廷风情的装饰品，让人也仿佛是百年前的宫廷贵族一般。

54

充满个性的休息
空间

    这套豪华家居没有拘
泥于样板的限制和思维的禁
锢，将个性的生活态度和气
度发挥到极致，量身定制的
空间契合主人生活方式，让
心灵在这方天地得到了最有
效的放松与满足。

55

展现奢华的卫浴空间

　　卫浴设备，在日常生活中可以说是很重要的一处空间，所以在做室内设计时，在卫浴这一块若也能下足功夫，就会带来意想不到的效果。拱形门和古铜的毛巾架设计，都提升了空间的视觉效果。

56

打造高贵品味的卧室空间

当然这个主卧室也是女主人装饰上的最爱，铺上豪华的地毯，和带有欧式风味的家具和窗帘，让整个卧室有一种皇室高贵的味道，台灯散发着温柔的灯光，让这里爱意无限。

57

呈现田园风格餐厅

拱形的吊顶设计,配以藤编的
桌椅,在加上一些植物的点缀,让
你感受田园般的寂静。

图书在版编目（CIP）数据

复古潮流200例 / 东易日盛编辑部主编. -- 长春 :吉林
科学技术出版社， 2010.5
ISBN 978-7-5384-4670-8

Ⅰ．①复… Ⅱ．①东… Ⅲ．①住宅－室内装修－建筑设
计－图集 Ⅳ．①TU767-64

中国版本图书馆CIP数据核字(2010)第046673号

東易日盛®
家居装饰集团

东易日盛编辑部 / 主编
责任编辑 / 崔 岩 王 皓
特约编辑 / 邓 娴
封面设计 / 崔 岩 崔栢瑞
图片提供 / 东易日盛家居装饰集团股份有限公司
首席摄影 / 恽 伟
设计助理 / 邓 娴 沈 杨 李 璐 崔 城 刘 冰 田天航 李 爽
　　　　　 赵淑岩 沈 彤 陈 瑶 韩淑兰 韩志武 王 倩 张 萍
　　　　　 崔梅花 韩宝玉 王 伟 朴洁莲 具杨花 宋 艳
内文设计 / 吴凤泽 李 萍 潘 玲 潘 多 田 雨

吉林科学技术出版社出版、发行
社址 / 长春市人民大街 4646 号
邮编 / 130021
发行部电话 传真 / 0431-85677817　85635177　85651759
　　　　　　　　　　　 85651628　85600611　85670016
储运部电话 / 0431-84612872
编辑部电话 / 0431-85679177　85635186
网址 / www.jlstp.com
实名 / 吉林科学技术出版社
印刷 / 长春新华印刷集团有限公司

如有印装质量问题　可寄出版社调换
889mm×1194mm　　 16 开
11.5 印张　　 100 千字
2010 年 7 月第 1 版　 2010 年 7 月第 1 次印刷
ISBN　978-7-5384-4670-8
定价 / 39.90 元